ARMAND V...

POÉSIES

LYRIQUES

ARMÉE D'ITALIE — PARADIS PERDU — LE PROFANE —
L'HOMME DE BIEN — CORRUPTION — LES AMIS —
LE LABOUREUR — LA VIE — DIEU — L'UNIVERS —
LE PROGRÈS —

— Prix : 60 cent. —

BAR-LE-DUC

CONTANT-LAGUERRE, LIBRAIRE-ÉDITEUR

1866

ARMAND V...

POÉSIES

LYRIQUES

Prix : 60 cent.

BAR-LE-DUC

CONTANT-LAGUERRE, LIBRAIRE-ÉDITEUR

1866

POÉSIES LYRIQUES.

Armée d'Italie.

—

J'ai vu nos fiers soldats — héros d'un nouvel âge —
Revenir en vainqueurs de ce noble rivage
    Où croissent les lauriers ;
Au pied d'un vieux donjon j'ai vu dresser leurs tentes
Et déployer au loin les aigles triomphantes
    De leurs drapeaux guerriers.

J'ai vu — non sans effroi — leurs invincibles armes —
Et le clairon qui rend — à l'heure des alarmes —
    De terribles accords ;
Et leurs coursiers ardents qu'a respectés la guerre —
Comme au jour des combats — frappant du pied la terre
    Dans leurs fougueux transports. —

J'ai vu — non sans frémir — ces hordes africaines —
Ces Turcos enfantés sur des plages lointaines,
        Sans respect et sans peur ;
L'œil en feu, le teint noir et la barbe effrayante,
Sauvages dont l'aspect inspire l'épouvante
        Et répand la terreur. —

Le lendemain j'ai vu — j'ai vu toute l'armée —
Sur les pas de son chef — d'allégresse animée,
        Le long des boulevards,
Défiler en longs rangs — dans sa joie enivrante —
Montrant — avec orgueil — à la foule bruyante
        Ses lambeaux d'étendards. —

J'ai vu Paris, j'ai vu la cité tout entière —
Avec tous les apprêts d'une pompe guerrière,
        En ce jour solennel —
Recevant comme un Dieu l'objet de tant de gloire,
Acclamer par des cris et des chants de victoire —
        Son triomphe immortel. —

Paradis Perdu.

—

Memento homo quia pulvis es et in pulverem reverteris.

Avant que le monde fut monde,
Régnait l'informe et noir cahos —
Le globe à sa surface ronde
Ne roulait partout que des flots —
Ni soleil — arbres, ni verdure
N'animaient la triste nature —
Partout des flots, gouffre béant —
Dominant la vague profonde —
Immense et vague comme l'onde,
L'Esprit de Dieu flottait sur l'océan —

Qui peut dire durant quel âge
L'Etre de toute éternité
De qui l'univers est l'ouvrage,
Se plut dans son intuité —
Comment sa puissance infinie
Du ciel établit l'harmonie —
Comprendre un éternel auteur —
Comment d'une vile matière
Pétri de boue et de poussière,
L'homme naquit d'un souffle créateur ? —

Et comment peindre les délices
De cet Eden luxurieux
Où croissaient les douces prémices,
Avant-goût du bonheur des cieux —
Eve et la pomme enchanteresse —
Adam maudissant sa faiblesse —
L'aspect du serpent tentateur —
Enfin le malheur qui s'achève,
Quand de l'Eden armé d'un glaive,
L'ange les chasse au nom d'un Dieu vengeur ? —

D'Adam la faute originelle
Devint la source de tous maux —
Sa race en lui fut criminelle ;
Chair de sa chair — os de ses os —
Son Dieu — dans sa juste colère —
Dit : tu cultiveras la terre
Pour te nourrir de ton labeur —
Le ciel t'est fermé par ton crime,
Travaille et le ciel qui t'opprime
Un jour pour toi se fera rédempteur —

Il dit à son tour à la femme :
Je suis ton Dieu — l'homme est ton roi ;
Ame, tu vivras dans son âme —
Sa volonté fera ta loi —
Ton sein concevra dans la joie
Pour être à la douleur en proie,

Tes fils naîtront dans la douleur —
Eve — un jour te rendra superbe,
Ton pied doit ce jour — comme l'herbe —
Fouler aux pieds le serpent corrupteur.

Ayant parlé , la voix céleste
Soudain remonta vers le ciel —
Laissant l'homme — en son sort funeste —
Plongé dans un gouffre de fiel —
Une larme — trois fois amère —
Longtemps humecta sa paupière —
Le cœur profondément ému —
Le soir il s'en alla dans l'ombre —
Triste — rêver dans la nuit sombre —
Au souvenir du Paradis perdu. —

Le Profane.

Odi profanum vulgus et arceo.
(Horace)

Je hais le profane vulgaire —
Honneur aux nobles sentiments —
Le cœur fait l'homme sur la terre —
Il donne et génie et talent —
Oui, que ceux dont l'âme est flétrie —
Lâches — traîtres à la patrie
Soient voués aux dieux infernaux —
Mais qu'une couronne immortelle —
Gage de leur gloire éternelle —
Garde la tombe des héros. —

L'hypocrite — l'avare — arrière —
Et vous esprits vils et rampants
Dont l'âme a croupi dans l'ornière —
Tigres altérés — fiers tyrans —
Arrière — Dieu dans sa vengeance
Doit sur vous venger l'innocence —
Tremblez — vos crimes — vos erreurs
Du ciel ont lassé la colère —
Sa main confondra la poussière
Des noirs démons et des pécheurs. —

En vain — le méchant téméraire
Ose — dans son impiété —
Nier d'un Dieu juste et sévère
Et la puissance et l'équité —
Le remords révèle à son âme
Ce Dieu que l'univers proclame —
S'il est patient dans sa bonté,
Il est immortel — immuable,
Ayant — pour punir le coupable —
Le temps de son éternité. —

Heureux qui suit dans sa carrière
De la vertu l'âpre chemin —
Que le vice dans la misère
N'a point souillé de son venin ! —
Son seul trésor — c'est la sagesse,
Et ce bien vaut mieux que richesse
Aux yeux du juge souverain —
L'or, pour lui — c'est une chimère —
Qu'il meurt — dans son heure dernière —
Il voit un meilleur lendemain. —

L'Homme de Bien.

—

L'homme de bien — sur la terre —
Ne craint ni les vaines terreurs —
Ni l'inconstant flot populaire —
Ni l'émeute aux sombres fureurs —
Ni — quand le péril est extrême —
Le fer — le feu ni la mort même —
Courageux — sans témérité —
Egalement prudent et sage —
Il conjure ou brave l'orage
Avec même intrépidité —

Du pauvre il est la providence ;
Son bonheur, son plus grand plaisir
Est de soulager l'indigence —
Au malheur il sait compatir —
Heureux — il sert de second père
A l'orphelin dans sa misère —
Humble — bienveillant et sans fiel —
Prodigue en sa haute sagesse —
Il entrevoit dans la richesse
L'étroit sentier qui mène au ciel ——

Qu'en une cité populeuse
S'élève une sédition —
Que la foule tumultueuse
Fasse une révolution —
Quand de toutes parts — dans la ville —
Les pierres volent, le fer brille,
Lui paisible et majestueux —
Paraît — on s'empresse — silence —
Il parle — et sa mâle éloquence
Calme les flots impétueux —

Il n'est rien pour le bien qu'il n'ose —
A son sort propre indifférent —
Sans cesse au danger il oppose
Un cœur impassible et constant —
Miné par les vents — la tempête —
Que le ciel croule sur sa tête —
Sans craindre sa calamité —
Sous ses ruines s'il succombe —
On peut écrire sur sa tombe :
Devoir — honneur — humanité —

Corruption.

—

*Nolite fieri sicut equus et mulus
quibus non est intellectus.*
(Psaume xxxi.)

Oui, profond est l'abîme
Où — par la volupté —
Descend — de crime en crime —
La faible humanité. —
Tout homme qui s'abaisse
Descend — descend sans cesse
Une profonde mer —
Le torrent qui l'entraîne —
Comme une poutre vaine —
Le plonge au gouffre amer —

Dieu — source d'innocence —
D'un rude châtiment —
Au jour de sa vengeance —
Punira le méchant —
Il déteste la lie —
Malheur à qui l'oublie —
Abandonne ses lois ! —
Il met — plus bas que l'herbe —
Le conquérant superbe —
Il est le Roi des rois —

Tremblez — hommes frivoles —
Quand — au mépris des cieux —
De honteuses idoles
Vous vous faites des dieux —
Qui pénètre les âmes
Voit vos pensers infâmes —
Ce Dieu lit dans les cœurs —
Redoutez sa colère —
Comme un grain de poussière —
Il confond les pécheurs —

Rappelez-vous Sodome —
Son impudique sœur —
Dieu n'en fit qu'un atôme
Dessous son bras vengeur —
C'étaient deux grandes villes,
Orgueilleuses, tranquilles —
Ayant oublié Dieu —
Hommes, enfants et femmes
Périrent dans les flammes
D'un Océan de feu —

Ainsi périt le crime —
Ainsi sait se venger —
Son courroux légitime
De qui sut l'outrager —
Terrible — inexorable —
S'il punit le coupable —

Il est toute équité —
Et celui qui l'adore —
A sa dernière aurore —
Repose en sa bonté —

Les Amis.

—

Donec eris felix multos numerabis amicos.
Tempora si fuerint nubila solus eris.

On a de la fortune —
Il semble que jamais
La misère importune
N'atteindra ces palais —
Sans rival — en richesse —
On nage dans l'ivresse —
D'amis — chaque matin —
Se presse — à votre porte —
Une longue cohorte,
Quel plus heureux destin !

Qu'une crise imprévue
Emporte votre bien ;
Enfin — qu'à votre vue
Il ne vous reste rien —
Ah ! dans votre misère —
Quel changement s'opère —
Dès qu'on vous voit mal mis —
L'essaim joyeux — frivole —
Avec votre or — s'envole —
Plus d'argent — plus d'amis —

Ainsi — dans l'opulence
Fourmillent les flatteurs —
Ce sont — dans l'indigence —
Autant de détracteurs —
Autrefois — votre bourse —
Fut l'unique ressource
De leur cupidité —
Vous êtes en détresse —
Un grand besoin vous presse —
Ils sont sans charité —

Cependant — moins funeste
Est — dans l'adversité —
Le destin plus modeste
De la médiocrité —
Et si — dans le naufrage —
On trouve — après l'orage —
Des amis — du repos —
C'est qu'on sut — dans l'aisance —
Mieux que — dans l'opulence —
Obliger à propos —

Si le plaisir — la joie —
Dore-notre chemin —
Que l'esprit de l'ivraie
Distingue le bon grain —
L'ami faux vous adule,
Obligez votre émule —

Même vos ennemis —
Et — si la mer cruelle
Sombre votre nacelle —
Vous aurez des amis —

Le Laboureur.

—

> *O fortunatos nimium sua si bona norint*
> *agricolas.*
>
> (Virgile).

Loin du bruit de la ville —
Du tumulte des camps —
Heureux qui vit tranquille
Du produit de ses champs!
Si l'or — en sa chaumière —
Aux yeux de la bergère —
N'étale sa splendeur —
Il possède — en revanche —
Repos et gaîté franche —
Dons et bonheur du cœur. —

Aux lieux qui l'ont vu naître —
Alors — qu'il n'est qu'enfant —
Quel plaisir de voir paître
Son troupeau mugissant —
Mirer sa tête blonde
Au sein d'une pure onde —

Ou jouer du hautbois—
De courir la campagne —
Chercher — sur la montagne —
Les nids dans les grands bois —

Qu'un autre — sous la hune —
Fende les flots amers —
Et — pour faire fortune —
Fouille le sein des mers —
Paisible en sa retraite —
Le laboureur honnête
S'endort — loin des dangers —
Et — s'il craint la tempête —
Ce n'est pas pour sa tête —
Mais pour ses potagers —

Jadis l'agriculture
Fut à Rome en honneur —
La guerre — à la culture —
Trouvait le dictateur —
Par la force rustique —
Fleurit la république ;
On était triomphant —
Puis — après la victoire —
Le vainqueur — avec gloire —
Retournait à son champ —

Honneur et sacrifice
A la blonde Cérès —
Des moissons protectrice —
Honneur au dieu des mets —
Bacchus — dieu du bien-être —
A chaque dieu champêtre —
A Pan — dieu des bergers —
Grand honneur à Pomone —
Qui des fruits de l'automne
Couronne mes vergers !

La Vie.

—

Non ignara mali — miseris succurcere disco —
(Virgile).

Ce que c'est que la vie —
Qu'à Dieu tous nous devons —
Et le bien qu'on envie —
Si pauvres nous naissons —
L'un — à son origine —
Est bercé dans l'hermine —
C'est l'enfant du Seigneur —
L'autre — sous la chaumière —
N'a pour lit que la pierre —
C'est l'enfant du malheur —

Le ciel — pour l'un se dore, —
Et — pour l'autre — est d'airain —
Tout dépend de l'aurore —
Tout dépend du destin —
Sur l'or ou dans la fange —
Pourtant — c'est un même ange
Qui veille à leur berceau —
Ils ne s'en doutent guères,
Le berceau nous rend frères —
Ainsi que le tombeau —

Frères — par l'ignorance
De nos futurs destins —
Frères — par l'innocence
De nos jeux enfantins —
Frères — par le sourire
Qu'incessamment respire
Notre front si vermeil —
Frères — par les doux rêves
Qui — de grèves en grèves —
Bercent notre sommeil —

O vous dont la richesse
Comble tous les désirs —
Qui nagez dans l'ivresse
Des festins, des plaisirs —
Si vous voyez vos frères,
Poussés par les misères,
Au seuil de vos palais —
Donnez — sainte est l'aumône —
Donnez — que Dieu pardonne
Un jour à vos excès —

Donnez — que Dieu bénisse
Vos enfants et vos biens —
A lui le sacrifice,
Les pauvres sont les siens —

D'en-haut sur l'indigence
Veille une providence —
Tout bienfait est compté —
L'obole que l'on donne
Vaut mieux qu'une couronne :
C'est l'immortalité —

Dieu.

Ex operibus suis.

Toute chose et tout être —
Du grand à l'inférieur —
Sans raison ne peut être —
Toute œuvre a son auteur —
Comme un bel édifice —
Au brillant frontispice —
Suppose un constructeur —
Ainsi — de la nature
La superbe structure
Suppose un Créateur —

Ce soleil qu'on outrage —
Son aube — son déclin —
Quoi donc, serait l'ouvrage
D'un aveugle destin !
Et ces cent mille étoiles
Qui constellent les voiles
Du firmament — la nuit —
Leur lumière infinie —
Leur divine harmonie —
Du hasard est le fruit —

En sa haute insolence —
En vain — l'impiété
Veut nier la puissance
De la Divinité —
Son absurde système —
Est un affreux blasphème
Grand comme l'Océan —
Le Dieu qu'elle proclame —
Le Dieu qui la réclame —
Ce Dieu — c'est le néant —

Le hasard — chose inepte —
Le hasard qui n'est rien —
Rien qu'un penser funeste —
Ce qu'est le mal au bien —
Dans l'esprit qui s'égare —
Ce néant si bizarre
A rassemblé les mers —
Sous le céleste dôme —
Qui n'égale un atôme —
A produit l'Univers —

Absurdité — folie —
Digne de tout dédain —
Où la philosophie
Conduit l'esprit humain ? —

Philosophe athéiste —
Esprit fort ou sophiste —
De tout temps — de tout lieu —
La raison infinie
Qui confond le génie —
Cette raison — c'est Dieu —

L'Univers.

—

Philosophe — esprit tendre —
Dans sa prose ou ses vers —
Heureux qui peut comprendre
Dieu, l'homme et l'univers —
Si jamais la lumière
De ce triple mystère —
Illumine ses yeux —
Il pourra — dans sa sphère —
S'élever de la terre
Et voler dans les cieux —

O toi, dont la puissance
Nous tira du néant —
Qui donne la naissance
Au petit comme au grand —
Etre suprême et sage —
Dont notre âme est l'image,
Mon Dieu — la profondeur
De ta nature immense
Confond mon existence
Du poids de sa grandeur ! —

Hélas ! sur cette terre —
Témoin de nos labeurs —
Que souvent la misère
Arrose de ses pleurs —
Pour quelle destinée
Notre âme est-elle née ?
Est-ce un monde plus doux ?
Si faibles — si passibles —
A tous maux accessibles,
Enfin, que sommes-nous ?

Si je lève la tête —
Là haut — quelle splendeur !
Où que mon œil s'arrête,
Je vois un Créateur —
O science infinie !
O divine harmonie
D'astres étincelants !
Qui donne la lumière —
Qui meut dans leur carrière
Tous ces globes errants ?

Débile créature —
Imagination —
Qu'est l'homme à la nature —
A la création ?

Etre plus périssable
Qu'un rien — un grain de sable —
Vain jouet de tout vent —
Je ne suis — sur la terre —
Qu'une vile poussière —
Et devant Dieu — néant —

Le Progrès.

—

.... Labor omnia vicit.
Improbus —   (Virgile).

Divine créature —
L'homme — à ses intérêts —
A dompté la nature —
Pénétré ses secrets —
Depuis son origine —
Sans cesse il imagine —
Aspire au merveilleux —
Sublime intelligence —
Il sait que la science
Le rapproche des cieux —

Sur tout ce qui respire —
Sinon Dieu — sans pareil —
Il étend son empire
De la terre au soleil —
Oiseau — témoin son aile —
Une frêle nacelle
Le porte dans les airs —
Au péril de sa tête —
Il brave et la tempête
Et la fureur des mers —

Il comprend l'harmonie
Des éléments divers —
Son immense génie
Embrasse l'univers —
Soit que — perçant la nue —
Il donne l'étendue
Des astres à nos tours —
Ou que — dans sa carrière —
Du dieu de la lumière
Il mesure le cours —

Ces campagnes tranquilles —
Ce bronze — cet airain —
Ces palais et ces villes
Sont l'œuvre de sa main —
Ici — mon œil admire
Le marbre — le porphyre
Qui luttent de splendeur —
Ailleurs — c'est la nature
Qui retrouve — en peinture —
Un second créateur —

Que dire des merveilles
Que notre temps produit ?
De celles qu'en ses veilles
Sans relâche il poursuit ?
Ecoutez — cette plaine
Qui mugit incertaine

Par un sourd tremblement —
C'est la vapeur motrice
Qui — sur un précipice —
Roule un fardeau géant —

Prodige qui surpasse
L'humain entendement —
Et — devant qui s'entasse
Le rustre et le savant —
Quel est dans la campagne —
Dans l'onde et la montagne
Ce secret messager ?
Comme la foudre vole —
Il porte la parole
Au sol de l'étranger —

Plus rien ne nous arrête —
Il faut oser — vouloir —
Et sûre est la conquête —
Grand — noble est le savoir —
Que le beau nous passionne —
Qu'une digne couronne
Honore le succès —
Aimons à notre guise —
Et soit notre devise :
Honneur — gloire au progrès !

Typ. L. Guérin et Cᵉ à Bar-le-Duc.

Bar. — Typ. L. GUÉRIN et Cᵉ.